Y. 5587.

4.3300.
B.

LES DANAÏDES,

TRAGEDIE.

Par M. GOMBAVLD.

AT RESVRGO

A PARIS,

Chez AVGVSTIN COVRBE', en la
petite Salle du Palais, à la Palme.

M. DC. LVIII.

Auec Priuilege du Roy.

A

MONSEIGNEVR

O V Q V E T,

PROCVREVR GENERAL,

SVR-INTENDANT DES

FINANCES, ET MINISTRE

D'ESTAT.

ONSEIGNEVR,

Ce n'est pas sans raison que les
lus beaux Arts vous regardent com-

ã ij

EPISTRE.

me leur fouuerain Juge, & qu'en
voſtre approbation ils trouuent l
comble de leur gloire. Vous aue
vne lumiere qui penetre les choſes le
plus cachées, vne vertu qui ſurmon-
te les plus difficiles, vne parole qui
perſuade ce qu'il luy plaiſt, & des
effects qui ne rendent pas vne moindre preuue de voſtre foy, que de voſtre capacité. Toutes ces conſidera-
tions ne ſont pas moins capables d'o-
ſter le courage que de le donner,
principalement à ceux qui ne ſou-
haitent rien tant que de plaire à vos
ſemblables, quelques rares qu'ils
ſoient dans le Monde. Il y a
long-temps, MONSEIGNEVR
que l'on me ſollicite de mettre au
jour les auantures d'vne Nuit que
l'on peut dire auoir eſté plus noire

par ses crimes que par ses tenebres.
C'est celle des Nopces de cinquante sœurs qui toutes hormis vne con-
sentirent plustost à la vangeance qu'à
l'amour. De tous les diuertissemens
du Theatre, la Tragedie tient le
premier rang & ce qu'elle a de triste & de funeste ne diminuë point le
plaisir qu'elle accorde merueilleuse-
ment auec la douleur. Ie ne sçay
comment la cruauté mesme qui l'a-
compagne & que l'on ne represente
qu'auec des paroles éloquentes, con-
tribuë si fort à la douceur du spectacle. Celle que i'ose vous presenter,
MONSEIGNEVR, est ve-
ritablement digne de son nom, mais
ie crains qu'elle ne soit pas digne du
vostre. Ie crains d'interrompre les
soins qui vous occupent incessament

EPISTRE.

aux plus importantes affaires de l'E-
stat, si ce n'est point le seruir que de
vous interrompre de la sorte. Il est
vray que i'aurois tout suiet de n'esperer aucun succez de la hardiesse que
ie prens ou plustost que l'on m'a donnée, si vostre bonté ne faisoit grace
à ma bonne intention qui n'aspire
qu'a vous persuader que ie suis,

MONSEIGNEVR,

Vostre tres-humble, & tres-
obeïssant seruiteur.

GOMBAVLD.

ACTEVRS.

DANAVS Roy d'Argos.

AMASIE Vne des femmes de Danaüs.

DEMODORE.
BACIS. } Mages.

HYPERMNESTRE, } Et autres filles de
THEANE, } Danaüs.

ALPHITE Domestique d'Hypermnestre.

STENELE'E Autrefois Roi d'Argos.

LYNCEE Prince d'Egipte.

La Scene est dans Argos.

LES DANAIDES,

TRAGEDIE.

ACTE I.

CENE PREMIERE.

DANAVS, AMASIE.

DANAVS.

Oicy la Nuit fatale, & les noirs Hymenées,
Par qui l'ordre du Ciel preffe mes deftinées,
e funefte moment qui menace mes iours,
'il en faut croire aux Dieux, precipite fon cours.
on efprit qui confent aux celeftes augures,
e difpofe à fouffrir d'eftranges auentures.
es Oracles facrez, dans leurs antres couuerts,
n ont fait refonner les murmures diuers.

A

Ie ne sçay quels Demons à troupes vagabondes
Quittent pour m'afliger leurs demeures profondes.
Demons infortunez qui me viennent priuer
Du repos que pour eux ils ne peuuent trouuer.
La clarté me deplaist, tous les obiects me trou-
    blent
Durant l'obscurité mes ennuys se redoublent.
Les ombres de la mort excitent mes tourmens,
Et pour m'épouuanter sortent des monumens.
N'aurez vous iamais fait tristesses volontaires,
Soupçons, craintes, remords & pensers temeraires.
Ah! vous m'aduertissez, vous sentez approcher
Le Destin que les Dieux ne sçauroient empescher,
Ny conseil, ny valeur, ne m'en peuuent deffendre,
Et ie ne dois mourir que par la main d'vn gendre.
Vn seul me pouuoit perdre; & de peur d'y man-
    quer,
Cinquante à main armée ont osé m'attaquer.
Thetis a veu ses flots à l'ombre de leurs voiles,
Et le bruit de leur camp a frapé les estoiles.
La surprise à mon peuple a donné la terreur,
Et m'a fait conceuoir des actes pleins d'horreur.
Vne iuste vengeance, où mon ame est portée,
Des fureurs de l'Enfer a la rage empruntée.
Quelque soin que i'apporte à la dissimuler,
Elle éclatte en mon front, ie ne la puis celer,
Et mon ressentiment s'accroist par mon silence.
Leur presence m'irrite, & me fait violence :
Ie les soupçonne tous, & prés de mon trepas,
Voyant mon assassin, ie ne le connois pas.
Leur pere est leur complice, & rien ne le rebu-
    te;
Il sçait la prophetie il veut qu'on l'execute :
Il me traite en esclaue, il m'accable d'ennuy,
I'ay conquis vn Royaume, & ce n'est que pour luy:

TRAGEDIE.

Luy qui regne abfolu fur tant d'Ifles fecondes,
Que luy forme le Nil, comme de nouueaux mon-
   des:
Luy qu'vn fi grand Empire a rendu fi puiffant,
Il porte encor enuie à mon Sceptre naiffant
En vain de mes raifons i'ay combattu fes rufes.
Les Roys ne fouffrent point de refus ny d'excufes.
Son pretexte eft plaufible, il obtient pour fes fils,
Les fuffrages d'Argos, comme ceux de Memphis.

AMASIE.

Il femble que le Ciel pour vnir vos familles,
Luy donne autant de fils qu'il vous donne de filles.

DANAVS.

Le temps va declarer ce myftere fecret:
Mes filles cependant les fouffrent à regret.
Elles n'approuuent point leurs deffeins temeraires;
Et fe fafchent de voir que d'iniuftes Corfaires,
Soit pour les efpoufer, foit pour les afferuir,
Les viennent demander, ou pluftoft les rauir.
Tutelaire Iunon, que faut-il que i'efpere
D'vn violent Hymen, & des fils d'vn tel Pere?
Ils font nez pour regner & pour me faire mourir,
Pour ioüir de ma peine, & pour tout acquerir.
Ma maifon plus qu'à moy leur eft affuiettie,
Et ce que i'en occupe eft la moindre partie.
Elle ignore fon maiftre, & gemit fous les loix
De tant de fucceffeurs, qui font autant de Rois.
Pas vn ne degenere, & tous fuyuent la trace
D'Ægypte, d'Agenor, & de toute la race.
Où les fceptres manquoient, il en falloit gagner,
Et pas vn n'euft fçeu viure à moins que de regner.

AMASIE.

Efperez du remede au mal qui vous menace:
Vne ombre feulement trouble voftre bonnace.

Le fort iufques icy ne vous a combattu,
Que pour mettre à l'épreuue vne grande vertu.
Ces Princes deftinez à d'autres diademes
Sont voftre propre fang, ils font vos enfans mefmes;
Et peut-eftre qu'à tort vous craignez les dangers
Que l'on doit feulement craindre des eftrangers.

DANAVS.

Ah ! ne vous fiez pas à ces loix naturelles:
Les plus proches fouuent font les plus infidelles.
L'éclat d'vne Couronne offufque la raifon.
La prudence, Amafie, eft toufiours de faifon.
Le fiere eft toufiours preft de fupplanter fon frere:
Le fils veut auancer les deftins de fon pere:
Le fang donne l'audace, & permet d'afpirer
Aux fupremes honneurs qu'on a droit d'efperer.

AMASIE.

Vous regiffez en paix voftre heureufe prouince;
Vous aymez vos fuiets ils adorent leur Prince;
Vous comblez les autels & vous les frequentez:
Auez-vous merité ce que vous redoutez?

DANAVS.

Si c'eft le meriter, i'ay tué Stelenée,
Qui fit grace d'abord à ma troupe exilée,
Qui me tendit les mains, qui me vint tout offrir;
Mais qui m'ayant reçeu, ne me pouuoit foufrir.
I'ay preuenu celuy qui me portoit enuie,
Qui me vouloit chaffer, qui menaçoit ma vie,
Et i'ay fait dans l'excez de mon affliction,
Vn coup de defefpoir, & non d'ambition.

AMASIE.

Quelle loy nous deffend, alors qu'on nous offence,
D'vfer de noftre force, & de noftre prudence?

DANAVS.

D'vn vifible danger, ou pareil, ou plus grand,
La nouuelle auanture auiourd'huy me furprend;

Et la iuste raison, qui veut que tout luy cede
M'apprend qu'vn mesme mal veut vn mesme re-
   mede.
Ie n'attends rien du Ciel, & ie dois estre las
De m'addresser à ceux qui ne m'écoutent pas.
C'en est fait, ma disgrace est toute manifeste,
Et mon courage seul est tout ce qui me reste.
Dites Dieux immortels, arbitres de mon sort,
Dois-je donc laschement m'exposer à la mort
Dites hommes, & Dieux, dois-je sans me deffendre,
Abandonner ma vie à la fureur d'vn Gendre ?
Puis que vous permettez que i'en sois aduerty,
Par qui voulez-vous donc que i'en sois garanty ?
Ne m'aduertissez vous que pour me faire iniure,
Et me rendre presente vne peine future ?
Ne me deffendrez vous d'ignorer mon malheur,
Qu'afin que mes soupçons commencent ma douleur?
Prononcez des arrests qui soient irreuocables ;
Faites des criminels, & soyez implacables :
Non ie ne mourray point, tant ie suis outragé,
Que de mon propre sang mon sang ne soit vengé.
Ie consacre aux Destins cinquante morts pour vne.

AMASIE.

Race illustre de Bel, quelle est vostre infortune ?
Qu'allez-vous deuenir ?

DANAVS.

           Que le Ciel me soit doux,
Qu'il asseure ma vie, & ie les sauue tous.

AMASIE.

Qui peut sçauoir des Dieux la secrette ordonnance?
Ou qui peut la shachant luy faire resistance ?
Croyez-vous preuenir leurs efforts, leurs conseils,
Et vous deffendre d'eux comme de vos pareils ?
A ses propres autheurs la vengeance est fatale,
Elle ameine apres elle vne troupe infernale

De remords, de fureurs, dont les triftes effects
Rendent les mieux vengez les plus mal fatisfaits.
Mais qui veut l'exercer n'a point d'autre penfée,
Il ne peut rien preuoir, & fon ame offencée,
Senfible feulement à fon cruel ennuy,
Ne cherche du répos qu'en la peine d'autruy.
Ah ! ne permettez point que voftre crime efface,
Ou qu'il borne l'honneur de voftre antique race,
Qu'il attire vn Enfer dans voftre fouuenir,
Et vous rende l'horreur des fiecles à venir.
Ne penfez pas pourtant que la peur me faififfe,
Qu'en cette extremité ma foy s'efuanoüiffe.
Ma foy ne peut manquer que par le monument,
Et ie n'auray de peur que pour vous feulement.
La premiere en faueur, & la derniere en âge,
Sur les femmes du Roy i'obtiens cét auantage,
Que pour viure, & mourir, vn mefme aftre nous
    ioint,
Et fans que ie me perde il ne fe perdra point.
Mais pluftoft les Deftins faffent qu'il me furuiue,
Que ie meure pour luy, que mon ombre captiue
Refponde pour la fienne, & pour comble de bien,
Qu'en terminant mon cours, i'eternife le fien.
Voicy tout à propos Bacis, & Demodore.
Ne precipitez rien, confultez-les encore.
L'vn toufiours vers l'Olympe a les yeux, & les mains,
Et parle plus aux Dieux qu'il ne fait aux humains.
L'autre de l'aduenir apperçoit les images,
Et paffe auec raifon pour le plus grand des Mages.
Qui les a confultez n'a plus de quoy douter.

DANAVS.

Pour la derniere fois, il les faut efcouter.

SCENE II.

DANAVS, DEMODORE, BACIS.

DANAVS.

Vous qui des puissans Dieux estes les Secre-
taires,
Si iamais vos conseils me furent salutaires,
Ouurez moy vostre cœur en cette extremité,
Où mon Regne, & ma vie, ont leur cours limité.
Dites moy si mes vœux trouueront des obstacles,
Si les aspects du Ciel confirment les oracles,
Si tant d'esprits diuins consultez tant de fois
Ne se dementent point & n'ont tous qu'vne voix.

DEMODORE.

Que le Roy qui des Dieux represente l'image,
Viue, & regne tousiours, que tout luy rende hômage,
Et que ses Ennemis à ses pieds abatus,
Au lieu de l'offencer, implorent ses vertus.

DANAVS.

Laissez-là desormais ces respects, & ces craintes
Qu'on ne peut exiger que des ames contraintes.
Pour flatter mes erreurs ie n'ay point imité
Ces Roys qui rarement sçauent la verité.
Rendez sans differer, mes doutes éclaircies.
Prononcez hardiment les mesmes propheties,
Et les mesmes arrests, ou de vie, ou de mort,
Que vous auez tirez de la bouche du sort.

A iiij

DEMODORE.

Ie le dis à regret, mais le peril vous preſſe.
Ie voudrois bien vſer de prudence, & d'adreſſe.
Ie cherche du remede où ie n'en trouue point,
Le mal ſuit le mal meſme, & l'vn à l'autre eſt
  ioint.
Mille voix l'ont predit, de peur qu'on ne m'impu-
  te
Ce que veut Iupiter, ce que Mars execute,
Ce que Mercure annonce, & tant d'Aſtres diuers
Qui compoſent l Eſtat de ce grand Vniuers.
Tous ceux qui par fureur, par art, ou par nature,
Qui tantoſt par raiſon, tantoſt par coniecture,
Ainſi que du paſſé parlent de l'aduenir,
O Roy i'ay pris le ſoin de les entretenir.
Sur tout i'ay conſulté les Oracles de Rhée,
Les trepieds d'Apollon, les antres de Cyrrhée,
Le tonnerre, la nuit, & le vol des oyſeaux,
Les murmures des vents, & des bois, & des eaux.
I'ay conſulté Prothée image de Fortune,
Et tous les habitans des gouffres de Neptune,
Qui penetrent l'horreur des eternelles nuits,
Er que les noires Sœurs ſemblent auoir inſtruits.
I'ay cherché, i'ay trouué la demeure écartée
Tantoſt de Marpeſie: & tantoſt d'Amalthée,
Qui peuuent retract r les arreſts du trepas,
Et qui forcent les Dieux de deſcendre icy bas,
Mais ny les Immortels, ny tous leurs Interpretes
Oui ſçauent du Deſtin les loix les plus ſecretes,
Ne m'ont iamais predit que d'horribles deſſeins,
De tragiques ſuccez, & de noirs aſſaſſins.

DANAVS.

Vn ſeul de nos Deuins ne m'eſt-il fauorable ?

DEMODORE.

Pas vn ſeul ne dit rien qui ne ſoit deplorable.

Si quelque ordre vous doit exempter du malheur,
C'eſt par voſtre prudence, & par voſtre valeur.
Des plus ſages mortels les ames étonnées
Ne ſçauent qu'eſperer de cinquante Hymenées.
Cent Meſſagers du Ciel, cent prodiges nouueaux
Troublent inceſſamment l'air, la terre, & les eaux.
L'Inaque au ſeul rapport de ſes Nymphes craintiues,
Renge l'onde ſous l'onde, & s'enfuit de ſes riues.
Ces lieux de toutes parts ſemblent ſe deſoler,
La fontaine d'Iſis à peine veut couler.
Les foreſts ont eſmeu leurs cymes cheueluës.
On diroit que les monts vont raconter aux nuës
Ie ne ſçay quoy d'eſtrang., & la Nymphe des bois
Redit apres quelqu'vn ie ne ſçay quelle voix.
Mais où vais-ie chercher vos diſgraces futures?
Puis qu'en vous meſme on void toutes vos auentures.
I'ay ſeu dans voſtre front ce que i'ay redouté,
Et ſans vous en parler ie vous ay conſulté.

DANAVS.

Suis-je donc ſi coupable & ſi noircy de crimes?
Qu'en dites-vous Bacis; qu'en diſent les victimes?
Ne dois-je deſormais eſperer aucun bien?
Eſt-ce fait de mes iours? ne m'en déguiſez rien.

BACIS.

Que ne m'eſt-il permis de garder le ſilence
Puis que de tant de maux l'extréme violence
Paſſe de la douleur iuſqu'à l'eſtonnement,
Et pour trop m'affliger m'oſte le ſentiment.
Dois-je reſpondre au Roy de ces muets langages
Qui troublent tous mes ſens de leurs triſtes preſages?
Sans eſtre criminel, puis-je rien adiouſter
Au plus faſcheux diſcours qu'il ſçauroit eſcouter?

DANAVS

Acheuez mes amis, & ſi tout m'eſt contraire,
Qu'on ſçache que i'ay fait tout ce que i'ay dû faire.

Iuſtifiez les Dieux.

BACIS.

Où ſommes nous reduits!
Ce qui doit conſoler augmente les ennuis.
Les Dieux eſpouuantez abandonnent leurs Temples,
Et ſemblent redouter des monſtres ſans exemples.
La premiere victime entrainée à l'autel
Tombe comme indignée apres le coup mortel.
Le ſang coule à regret de ſes veines tremblantes.
Les autres ont l'effroy, paroiſſent chancelantes,
Et pour ſe deliurer font leur dernier effort.
On les void treſaillir long-temps apres leur mort.
On void des cœurs flétris, des entrailles horribles
Qui de noſtre infortune ont des marques viſibles.
La flame au lieu de tendre au ſupreme ſeiour,
Au lieu de s'éleuer, rampe tout à l'entour,
Et telle que Lucine au milieu des nuages,
Elle prend la couleur corforme à ſes preſages.
Tantoſt rouge, & ſanglante elle attaque les corps,
Et tantoſt paſle, & ſombre, elle imite les morts.
Les torches ont perdu leur clarté couſtumiere,
Et ne font éclater qu'vne ombre de lumiere,
Comme les Manes l'ont au delà du tombeau,
Si le triſte vniuers ſouffre quelque flambeau
I'ay cherché, ie l'aduoüe, vn ſigne ſalutaire,
Mais ie n'en trouue point, & ie ne m'en puis taire.
Vous le voulez ſçauoir il vous faut obeïr
Et vous le deſguiſer, ce ſeroit vous trahir.
Le Ciel eſt irrité, nos offrandes ſont vaines.
Il ſemble demander des victimes humaines.
Que voy-je entre les Dieux ? Oſyris ſans appuy,
Oſyris qu'on afflige, & ſa race auec luy.

DANAVS.

En vain ie vous conſulte, vne ſeule parole
Ne me permet de viure, & rien ne me conſole.

Tout predit mon malheur: mes amis les plus chers
Dieux, hommes, animaux, fleuues, bois, & rochers,

BACIS.

Voftre fage vertu digne du Diadéme,
Comme fille du Ciel, regne fur le Ciel mefme.
Les fignes qui vous font redouter le trépas,
Sont tels qu'on les peut croire, & ne les croire pas.
Craignez les Immortels, pour les rendre faciles.
Sans amour, & fans foy, les vœux font inutiles.
Supliez, gemiffez, vous ferez foulagé,
Et la plus digne offrande eft vn cœur affligé.

DANAVS.

Que ie ferue les Dieux, ou que ie les offenfe,
Ie voy bien que ma mort fera ma recompenfe.

BACIS.

Souuent il leur fuffit, pour nous mieux exercer,
De nous donner la peur, & de nous menacer.

DANAVS.

Qui fortira pour moy des infernales ombres ?
Qui viendra diffiper tous ces nuages fombres,
Et de cét Ocean me fera voir le port ?
Mais en vain ie l'efpere. Allons faire vn effort,
Amafie ayez foin que mes filles fe rendent
En ce lieu folitaire où mes vœux les demandent,
Et vous que l'abftinence efloigne du feftin,
Pour apprendre mon fort preuenez le matin.

ACTE II.

SCENE PREMIERE.

DANAVS.

Vis que les Immortels complices de l'Enuie
Ont grand foin de me perdre, & redoutent
ma vie ?
Puis qu'offrandes ny vœux ne les ont point chan-
gez,
S'il faut mourir, mourons apres eftre vengez.
Par leurs propres aduis faifons leur refiftance.
Rien ne peut arriuer que par leur ordonnance.
Ils nous ont aduertis, il en faut profiter,
Et comme il le faut croire, il leur faut refifter.
Ils nous ont annoncé nos difgraces futures:
N'en foyons point ingrats repouffons les iniures.
Demander leurs confeils, & ne s'en feruir pas,
Ce feroit doublement meriter le trepas
S'ils parlent feulement pour nous eftre contraires,
S'ils ne prononcent point d'oracles falutaires,
Et fi noftre malheur ne les peut émouuoir,
Ils fe font les autheurs de noftre defefpoir,
Qu'vne extreme vertu vainque des maux extremes.
Faifons noftre Deftin, foyons Dieux à nous mefmes.
Ne craignons point les Cieux mefprifons les Enfers,
Auant que de les voir, nous les auons foufferts.

Lors qu'il eſt temps d'agir, la plainte eſt ſuper-
   fluë.
Donnons tout aux deſſeins d'vne ame reſoluë.
Si nous ſommes cruels, c'eſt par neceſſité
Et la prudence en nous arme la cruauté.
De peur d'eſtre d'vn gendre vne laſche victime,
Recommandons nos iours par vn illuſtre crime,
Que ceux qui regneront, ſoient contraints d'approu-
   uer.
Nous ne perdrons autruy qu'afin de nous ſauuer.
Laiſſons à noſtre nom ces eternelles marques :
Troublons le cours du Sort, rompons l'ordre des Par-
   ques.
Quiconque doit combattre vn perfide ennemy,
Eſt pire que meſchant, s'il ne l'eſt qu'à demy.

SCENE II.

DANAVS, HYPERMNESTRE, THEANE, *ou Chœur des Danaïdes.*

DANAVS.

Es filles, mon ſupport, mon vnique eſperance,
Fideles inſtrumens de ma iuſte vengeance,
Race illuſtre d'Iſis naiſſantes Royautez,
Et que ie puis nommer mes ſeules Deitez,
Ne m'abandonnez point, ſoyez moy ſecourables,
Puis que les autres Dieux ſont tous inexorables.
Vous dois-je ſuplier ? monſtrez voſtre pouuoir.
Vous puis-je commander ? faites voſtre deuoir.

C'eſt pour vous que i'endure, & par vous que i'eſpere,
Suiuez donc au beſoin, ou quittez voſtre pere.
Vous luy pouuez oſter, ou luy rendre auiourd'huy
Cét eſtre floriſſant que vous tenez de luy.
Toutesfois c'eſt à tort que ma douleur conteſte,
Pour ſauuer de ma vie vn miſerable reſte.
Ce n'eſt pas la raiſon, qu'en prolongeant ſon cours,
D'vn legitime eſpoir ie fruſtre vos beaux iours.
Ie vous dois des maris, vous me deuez des Gendres,
Et s'il faut que vos feux s'allument de mes cendres,
S'il faut que voſtre Hymen precipite mon Sort,
I'ayme mieux le ſouffrir que de vous faire tort.
Vous auez des vainqueurs qui vous doiuent ſuffire,
Qui menacent Argos, Sparte, Epidaure, Ephire,
Qui vous feront regner ſur les Peuples diuers,
Et de toute la Grece, & de tout l'Vniuers.

HYPERMNESTRE.

Nous blaſmez-vous? mon pere, & vos filles con
 traintes
Ont-elles merité vos ſoupçons, & vos plaintes?
Si par voſtre ſeul ordre, elles vont eſpouſer
Ceux que vous n'auez pû vous meſme refuſer.
L'extreme deſeſpoir où ie me voy reduite,
Où ie ne puis choiſir ny la mort, ny la fuite,
Excite dans mon cœur de tels reſſentimens,
Que la vie eſt pour moy le plus grand des tour-
 mens.
Non ie ne puis mourir, & ſi ie ne puis viure,
Quand ie voy le malheur qui s'obſtine à vous ſuiure,
Quand ie voy triompher nos ſuperbes eſpoux,
Dont la rigueur vous force à reſpondre de nous.
Ie ne ſçay quels conſeils ie dois donner, ou prendre.
Quoy, ſerois-je, grands Dieux? la femme de ce gédre,
Dont la main doit commettre vn acte ſi cruel?
Serois-je la moitié de ce grand criminel?

Oracles abuſeurs, eſt-ce choſe poſſible
Qu'à tant de iuſtes vœux le Ciel ſoit inſénſible ?
Ah! mon pere, viuez, ſurmontez les malheurs,
I'endure aſſez pour vous, ie ſuccombe, ie meurs.

DANAVS.

Ie n'ay que trop veſcu, malgré les Deſtinées,
Qui m'ont par mes trauaux fait conter mes années,
L'horreur m'en trouble encor, & ce n'eſt pas aſſez
De craindre l'aduenir, ie crains les maux paſſez.
Non, ie n'aſpire point à conſeruer ma vie :
Les Dieux ont ordonné qu'elle me ſoit rauie.
Mais oſtez-en la gloire aux perfides humains,
Et me donnant la mort, ſauuez moy de leurs
mains.

THEANE.

Mon Pere, hé qui pourroit vous ouïr dauantage ?
Pourquoy nous tenez-vous ce funeſte langage ?
Quel ſuiet vous oblige à nous traiter ainſi ?
Eſt-ce que nous manquons de peine, & de ſoucy ?
Peut-on rien adiouſter à noſtre obeïſſance ?
Auons nous coniuré contre voſtre puiſſance ?
Nous peut-on reprocher vn penſer criminel ?
Sentons nous d'autre amour que l'amour paternel ?
N'auons-nous point aſſez gemy ſous les outrages
Des ſuperbes Tyrans qui forcent nos courages ?
Quel eſt noſtre aſcendant? ou qu'auons nous com-
mis
Qu'il nous faille eſpouſer nos plus grands Enne-
mis ?
A quelque extremité qu'on nous vueille reduire,
Nous ne redoutons rien que ce qui vous peut nuire,
Et chacune à ſon rang, pour vous rendre immortel,
Victime volontaire ira droit à l'autel.
Dans vn fleuue d'oubly nous irons pluſtoſt boire,
De nous meſmes pluſtoſt nous perdrons la memoire,

Que de manquer aux soins qui sont dignes de nous,
D'vn Roy si magnanime, & d'vn pere si doux.
Mais pluftost le bonheur sera ioint à l'enuie,
La lumiere à la nuit, & la mort à la vie,
Que la paix seulement puisse durer vn iour
Où la contrainte fait l'office de l'amour.
Donnez-nous vn conseil qui soudain nous deliure,
Qui nous fasse mourir, ou qui nous fasse viure,
Et vous verrez changer par vn dernier effort,
Nostre sexe fragile en vn sexe plus fort.

DANAVS.

Les cœurs sont tousiours grands, lors qu'ils n'ont
   point d'obstacles.
Vous me respondez mieux que ne font les Ora-
   cles.
Tous vos discours sõt pleins de vœux,&de souhaits.
Mais pour me secourir il faudroit des effets.

THEANE.

Et les effets en nous passeront les promesses.

DANAVS.

Mes filles que ie puis appeller mes richesses,
Mes forces, mes vertus, dont les Dieux font ialoux,
Voicy le seul moien qui nous sauuera tous.
Staphis, approche toy. voila que ie vous donne:
Hypermnestre pallit & Theane s'estonne.
L'eclat du fer vous trouble ie m'en doutois bien.
Staphis, auance, & donne à chacune le sien.

THEANE.

Nos premiers mouuemés ne sont pas à nous mêmes.
Souuent les plus hardis deuiennent les plus blesmes.
L'horreur saisit les forts, ils n'en sont pas exempts.
Dites-nous comme il faut employer vos presents.

DANAVS.

Il en faudroit sans doute, aider les miserables.
Mais si vos mains ont peur de m'estre fauorables,

Si de vous en parler il ne m'eſt pas permis,
Employez mes preſents contre mes Ennemis.
Choiſiſſez hardiment, que rien ne vous retienne.
Le Deſtin vous demande ou leur mort, ou la miéne.

THEANE.

Ah! mon pere c'eſt trop, ne parlez plus de vous.
Pour leur donner la mort, comment les prendrons
    nous!

DANAVS.

Le ſeul reſſentiment d'vn ſi cruel outrage
Vous en peut inſpirer la force, & le courage,
Lors que d'vn doux nectar ils ſeront ennyurez,
Et qu'vn profond ſommeil vous les aura liurez,
Allez, penſez à vous, monſtrez vous genereuſes.
Voſtre propre intereſt vous doit rendre ſoigneuſes.
Ie vous le dis encor, & croyez à ma foy,
Il faut ou que ie meure, ou qu'ils meurét pour moy.

THEANE.

Mon pere, c'en eſt fait, quelque mal qui nous preſ-
    ſe,
Nous ne gemiſſons plus, vous nous dõnez l'adreſſe.
Le remede eſt certain, noſtre eſtat eſt changé.
Nous romprons nos liens, & vous ſerez vengé.
Nous allons mettre à bas la terreur des prouinces.
Les filles de Memphis ne verront plus leurs Princes,
Et nos actes vont faire en tous lieux confeſſer
Qu'Hymenée eſt vn Dieu qu'il ne faut point forcer.
Les Nymphes l'iront dire en leurs diuers langages
De la Mer Erythrée aux Lybiques riuages,
Et de noſtre Doris iuſqu'au lit de Tithon,
Où Clymene autresfois engendra Phaëton.
Qu'on parle inceſſament ſous les deux hemiſpheres,
Et des cinquante ſœurs, & des cinquantes freres.
Il n'importe comment, & la poſterité
Traitera bien ou mal, qui l'aura merité,

DANAVS.

Allez, il me suffit. Vous mes deux souueraines,
Qui regnez auec moy, qui soulagez mes peines,
Hypermnestre, & Theane encouragez vos sœurs
Regnez plus que iamais.

HYPERMNESTRE.

O cruelles douceurs

* * *

SCENE III.

THEANE, HYPERMNESTRE

THEANE.

MA sœur, qu'ay-je entendu? quel témoin de
voftre ame,
Et quel auant-coureur d'vne secrette flame,
Ou plustost quel horreur d'vn tragique des-
sein,
De cinquante poignards vous a percé le sein?
Ne dissimulez point, parlez auec franchise.

HYPERMNESTRE.

Mais vous mesme, ma sœur, n'estes-vous point
surprise?

THEANE.

La vengeance me plaist, l'effet m'en seroit doux;

HYPERMNESTRE.

Elle passe l'offence, & retombe sur nous.

THEANE.

Mon pere nous l'ordonne, & nous la rend fa-
cile.

HYPERMNESTRE.

Aux preceptes du mal mon cœur est indocile.

THEANE.

Voicy de noſtre amour les veritables dards.

HYPERMNESTRE.

Mes mains n'ont point appris les offices de Mars.

THEANE.

Le mal eſt ſans remede, il n'en faut point attendre.

HYPERMNESTRE.

Ie n'attends que celuy d'eſtre reduite en cendre.

THEANE.

Mourons, mais en mourant faiſons viure le Roy.

HYPERMNESTRE.

Manquons de tout, pluſtoſt que de manquer de
foy.

THEANE.

Repouſſons auec luy noſtre commune iniure.

HYPERMNESTRE.

Et ne violons point la loy, ni la Nature.

THEANE.

A tous autres conſeils il faut fermer les yeux.

HYPERMNESTRE.

Il faut ſeruir les Rois comme l'on ſert les Dieux.

THEANE.

Abattons à nos pieds la gloire Egyptienne ;
Puis que par noſtre haine il veut aider la ſienne,
Et que par nos efforts, il la veut exercer ;
C'eſt à nous d'obeïr.

HYPERMNESTRE.

                      C'eſt à nous d'y penſer.

THEANE.

Ie vous connois aſſez, vous eſtes genereuſe :
La peur ne vous rend pas l'entrepriſe douteu-
ſe ;
Mais l'amour paternel, & l'amour coniugal,
Diuiſent voſtre cœur, l'vn à l'autre eſt égal.

Ne vous en cachez point tenez vous asseurée
De la fidelité que nous auons iurée,
Qui de nostre entretien toute feinte bannit.
Plus que le sang, ma sœur , l'amitié nous vnit,
Et ce double lien nous rend inseparables.

HYPERMNESTRE.

A quoy suis-ie reduite , où sont les miserables
Qui comparez à moy, ne se trouuent heureux?

THEANE.

Il est vray que le Sort vous est trop rigoureux.
De moy i'ay de la peine à souffrir l'insolence
Et du pere & des fils qui nous font violence.
Non, ce n'est pas ainsi, que les filles des Rois
Donnent gloire à l'Amour . & respectent ses loix
Aussi ie n'ayme point celuy que lon me donne
Fust-il mesme paré d'vne riche couronne;
Et si des Ennemis se pouuoient faire aymer,
Vostre Amant est le seul qui me pourroit char-
    mer.
I'admire en le voyant son port graue & mode-
ste
Sa douce maiesté , sa parole, & son geste.
On le prendroit sans doute, aux seuls traits de ses
    yeux,
Pour fils de Iupiter, ou pour quelqu'vn des Dieux.
Mais ce n'est qu'vne fleur,dont les choses mortelles
Honorent leur printemps.

HYPERMNESTRE.

                    Et mes mains criminelles
Destruiront ce chef-d'œuure égal aux immortels,
Digne de leur Empire, & d'auoir des autels.
Non la Terre & les Cieux veulent que ie prefere
L'interest d'vn Espoux à l'interest d'vn pere.
Ie ne sçay quels aspects me forcent d'honorer
Celuy qu'à Iupiter ie pourrois preferer.

'offence ma raifon, fi i'en confulte encore.
'en voudrois faire iuge, & le Scythe, & le More.
uoy ie ferois mourir, en violant ma foy,
c uy qui n'a deffein que de viure auec moy.
Ah! l horreur d'vn tel acte étonne mon courage,
Et de la raifon mefme elle m'ofte l'vfage.
ar mon crime Lyncée aurois perdu le iour,
t fon trepas feroit le prix de fon amour.

THEANE.

'amour cede au deuoir, la gloire en eft plus grâde.
'eft faire aux Dieux vengeurs vne plus digne of-
'eft eftre magnanime, & meriter les Cieux, [fráde.
e de facrifier ce qu'on ayme le mieux.

HYPERMNESTRE.

e ne voy, ie n'oy rien, qui ne me defefpere.
on courage eft fenfible aux douleurs de mon pere.
Si pour le deliurer, ie ne fais vn effort,
è quitte fon party, ie confens à fa mort.
e pers le nom de fille, ou pluftoft ie le garde;
fin qu'auec horreur le monde me regarde.
i de tant de mortels vn feul peut approuuer
Que l'on perde les fiens afin de fe fauuer.
le tiendrois fa rigueur pour vn bon-heur extréme,
S'il m'eftoit ordonné de me tuer moy-mefme;
l'aurois en vn moment terminé mon ennuy.

THEANE.

Helas! en vous tuant que feriez-vous pour luy?

HYPERMNESTRE.

Faut-il que par vn mal, d'vn mal ie me deliure?
le meurs, de peur d'aider celuy qui me fait viure;
Ou ie vy pour tout perdre, & pour-faire mourir
Le plus parfait Efpoux que ie puis acquerir.
Deux amours differens ont mon ame enflammée,
L'vn & l'autre eft vainqueur, & ie fuis confumée.

Deux contraires obiets partagent mon defir ;
Ie n'en puis fuiure qu'vn, & ie ne puis choifir.
Ie ne puis eftre enfemble amoureufe, & cruelle.
Ie ne puis renoncer à la loy naturelle ;
Et mon cœur incertain, ou lafche, ou genereux,
N'eft pour l'vn, ni pour l'autre, eftant pour tous
   les deux
Dans ce trouble d'efprit ma raifon m'abandonne,
Mon fens s'efuanoiiit, ma fortune m'eftonne.
Aftres iniurieux, à quoy m'obligez-vous
Dois-je fauuer mon pere, en tuant mon Efpoux?
Cruel commandement? cruelle obeiffance!
Malheureux font les Rois qui n'ont pas la puiffance
Auec tous leurs confeils, auec tous leurs efforts,
De guerir vn foupçon, que par cinquante morts.

THEANE.

Ma fœur que dites vous ?

HYPERMNESTRE.

          Ie parle en infenfée.
Non, il faut fe refoudre à la mort de Lyncée ;
Il faut vous imiter, fans trop de lafcheté,
Mes Sœurs, ie ne vous puis ceder en cruauté.
Vengeons nous hardiment d'vne offence future ;
D'vn mal qu'on n'a point fait, redoutôs l'auenture,
Accablons l'innocent, de peur qu'à l'aduenir
Il deuienne coupable, il le faut preuenir.
Ie veux vous furpaffer en cét illuft e crime:
Ie confacre à mon pere vne double victime.
Hymen, change d'office, & fais que tón flambeau
Qui nous conduit au lit, nous conduife au tombeau.

THEANE.

Hypermneftre ma fœur, Princeffe belle & fage,
Quels penfers, quels difcours, de finiftre prefage,
Quels appas fi remplis de trompeufes douceurs,
Vous font abandonner voftre pere, & vos fœurs.

uyuez noſtré fortune, & noſtre deſtinée,
n conſeuant la vie à qui vous l'a donnée.
laiſſer à celuy qui la luy doit oſter,
ſt eſtre parricide, il n'en faut point douter.
e reſſentez-vous plus tant d'iniures ſouffertes ?
uez-vous oublié nos douleurs & nos pertes ?
vos ſeuls Ennemis voulez-vous obeïr ?
HYPERMNESTRE.
s faut-il eſpouſer, afin de les trahir ?
THEANE.
ous cedons aux vainqueurs, nous y ſommes for-
cées.
HYPERMNESTRE.
n attend apres nous, les tables ſont dreſſées,
THEANE.
lais il faut ſe reſoudre.
HYPERMNESTRE.
Il faut bien conſentir.
edois tout à mon pere, il faut le garantir.
ſa ſœur ie m'y réſous, n'en ſoyez point en peine,
os amans inhumains me rendent inhumaine.
onnez à mon amour mes premiers mouuemens,
ne autre loy m'oblige à d'autres ſentimens.
auuons l'honneur du Roy, ſauuons le diadéme :
e répons de Lyncée, ou pluſtoſt de moy-meſme,
THEANE.
llons cacher le fer qui vaincra nos vainqueurs.
HYPERMNESTRE.
t ſi nous y manquons, cachons-le dans nos cœurs.

ACTE III.

SCENE PREMIERE.

DEMODORE.

C'Est assez consulté l'air, la terre, & les on-
    des,
Et des Astres brillans les erreurs vagabondes.
Le Roy qui desormais implore d'autres Dieux,
Ne demande plus rien aux habitans des Cieux.
Ostez-nous la clarté de vos lampes funebres,
Et nous laissez chercher le iour dans les tenebres.
Fermez vous Yeux du Ciel, ou ne vous troublez
    pas,
Si quelqu'vn vous reuoid, mesme apres le trepas,
Si quelqu'ombre innocéte, aux mortels secourable
Du sombre Iupiter rend le throne adorable,
Et sans nous accabler d'oracles deceuans,
Fait voir que c'est aux morts d'éclaircir les viuans.
Hostes du noir séjour, objects que i'apprehende,
Qu'à regret j'importune, & que le Roy demande,
Que pas vn des humains ne void impunement,
Qui portez auec vous l'horreur, l'estonnement,
La fureur insensée, ou bien la mort soudaine,
Que tousiours la Vengeance, ou la Discorde ameine,
Quittez pour cette fois ce funeste appareil,
Et venez inspirer la force, & le conseil,

A

A ceux que le confeil & la force abandonnent,
De vos iuftes rigueurs les exemples m'eftonnent.
Pourroit-on vous flechir, vous rendre officieux,
Et trouuer aux Enfers plus de faueur qu'aux Cieux ?
Nous ne voulons point voir, cruelles Eumenides,
Ny vos crins de ferpens, ny vos fouets homicides,
Mais vne ombre royale, & fauorable aux Rois,
Ne l'efpouuante point de tes triples abbois,
Ne la retarde point, Portier a triple tefte.
Quand le Roy fera preft, Ombre tenez vous prefte.
Ie fuccombe à l'effort d'vn volontaire ennuy,
Et ie crains que les dieux me trompent auiourd'huy.
Où tendent les deftins ?

SCENE II.

ALPHITE, DEMODORE,

ALPHITE.

Xcellent Demodore,
Plus prefent à nos vœux que tout ce qu'on adore,
Ie vous allois chercher.

DEMODORE.

Alphite, dites moy
Le veritable eftat des nopces, & du Roy.

ALPHITE.

Nul des âges paffez, nulle grandeur antique
N'a fait voir aux mortels rien de fi magnifique,
Et l'œil, dont la clarté toute chofe conduit,
N'a iamais veu de iour pareil à cette nuict.

B

Ny la nuict la plus claire, au milieu de ses voiles,
N'a point fait esclatter tant d'ardentes estoiles,
Que ce palais superbe est remply de flambeaux,
Pour luire à des obiects, & si grands, & si beaux.
Comme on ne void briller que Princes, que Prin-
    cesses,
On croit voir le festin des Dieux & des Deesses.
Le Roy leur Iupiter est ceint de tous costez
De gloire, de splendeur, de graces, de beautez.
Ie ne sçay quels Zephirs, parmy tant de merueilles
Soufflent vne sabée en odeurs nompareilles
Les Nymphes à l'enuy font valoir leurs couleurs:
Chacune veut passer pour la Reyne des fleurs.
Il semble que le Ciel veüille honorer la feste,
Que les Astres brillans descendus sur leur teste
Donnent vn nouueau lustre à leurs riches habits,
Les vns en diamans, les autres en rubis.
L'abondance est par tout, & pour mets delectables,
Tous les Dieux de l'Egypte y remplissent les tables.
Là Ceres, & Pomone estalent leurs tresors,
Et le fils de Semele y charme les plus forts.
La troupe d'Apollon au concert destinée,
Rauit tous les esprits, raconte l'Hymenée
Du grand Olympien auec sa propre sœur,
Et chante que du Ciel Saturne possesseur,
Apres auoir perdu presque toute sa race,
Fut luy-mesme contraint d'abandonner la place,
De descendre aux Enfers, & ceder à son fils.

DEMODORE.

O Monarque d'Argos! ô Princes de Memphis?
O fatidiques chants! ô voix vrayement celestes!
Pas vn n'apperçoit-il ces augures funestes?
Vn seul n'y prend-il garde? Alphyte, à vous ouyr,
Tous ne pensent qu'à viure, & qu'à se resiouyr.

ALPHITE

Si faut-il aduoüer, que parmy cette pompe,
Ie ne ſçay quoy de triſte en vn moment détrompe
L'eſpoir des aſſiſtans, & leur vient annoncer
Qu'vn outrage profond ne ſe peut effacer.
Vne douceur contrainte, vne belle apparence,
Diſſimulent en vain la colere, & l'offence.
Vne bouche riante, & des yeux addoucis
Déguiſent mal vn cœur, où regnent les ſoucis.
Le Roy meſme a grand peine, & magnanime, & ſage
Peut compoſer ſon geſte, & calmer ſon viſage.
Du trouble que réueille vn faſcheux ſouuenir,
S'eſchappent quelques traits qu'il ne peut retenir.
Il flatte ſa douleur auec tant d'indulgence,
Que ſon reſſentiment excite ſa vengeance.
Son regard le declare au deffaut de ſa voix,
Il veut guerir vn mal par cent maux à la fois.
Il n'eſt rien que ſon cœur à ſon bras ne propoſe.
S'il ſe perd, il veut perdre auec luy toute choſe.
Mais, ô diuin Eſprit! Ie ne vous apprens rien :
C'eſt pour vous confirmer ce que vous ſçauez bien.
Vous ſçauez bien ſans moy, qu'Hypermneſtre vous
    prie
De deſtourner du Roy cette aueugle furie ;
De faire promptement quelque dernier effort,
Qui puiſſe l'exempter, non d'vne ſeule mort,
Mais de tous les tourmens qui menacent les crimes,
Et qu'il va meriter par cinquante victimes.
Victimes qui pourroient de ces infames lieux,
Bannir l'aſtre du iour, & tous les autres Dieux.
C'eſt la peur d'Hypermneſtre, ô ſage Demodore.

DEMODORE.

Il eſt vray, i'ay preueu ce que i'écoute encore.
Peuſſe-je garentir les Princes, & le Roy.
Mais helas! les deſtins ſont plus puiſſans que moy.

Ils fauuent à grand-peine Hypermneſtre & Lyncée.
La choſe dans le Ciel encor eſt balancée.
Alphite, le feſtin ſeroit-il acheué?

ALPHITE.

Il s'en alloit finir quand ie vous ay trouué.
Ie croy que c'en eſt fait.

DEMODORE.

Dites à la Princeſſe,
Que ie n'ignore point la douleur qui la preſſe.
Dites que pour ſon bien, i'ay mille maux ſoufferts,
Et que i'ay combatu les Cieux, & les Enfers.
Ne l'abandonnez point, en cette nuict fatale,
Et rendez quelque office à la foy coniugale.
Ie m'en vay, le Roy vient, outré de ſon ennuy:
Ne parlez point de moy, retirez-vous de luy.

SCENE III.

DANAVS, ALPHITE.

DANAVS.

IE ne ſçay quelle voix a mon ame troublée,
Et m'a fait malgré moy ſortir de l'aſſemblée.
Alphite eſt-ce quelqu'vn des hommes ou des Dieux,
Des viuans, ou des morts qui m'appelle en ces
    lieux?
D'vn chant continuel la nombreuſe harmonie,
Dont mon cœur affligé ſouffroit la tyrannie,
Ne m'a point empeſché de m'entendre appeller.
Qui doit-ce eſtre?

ALPHITE.

O grand Roy, ie n'en ſçaurois parle

Ie n'ay rien entendu, ie n'ay rien veu paroiftre.
DANAVS.
Si i'ay du fouuenir, ie penfe reconnoiftre
Cette royale voix. Retirez-vous d'icy :
Car ie veux eftre feul, pour en eftre efclaircy.

SCENE IIII.

DANAVS, STHENELEE.
DANAVS.

V'eft-ce que i'apperçoy ? n'eft-ce pas Stenelée
De qui i'ay l'alliance à regret violée ?
Le voila prefque tel que ie l'ay combattu ;
Me voyant trop fufpect pour ma feule vertu.
Sa taille plus legere, & fa couleur plus blefme
Le rendent quelque peu different de luy-mefme.
Ah! s'il m'euft protegé, s'il m'euft feruy d'appuy,
Il regneroit encore ou ie regne apres luy.
O bon Roy! mais par trop ialoux de ma fortune,
Quel trouble aux champs d'Elife encore t'impor-
　　tune ?
Qui t'oblige à quitter leur eternelle paix,
Que fans quelque grand mal on ne quitte iamais?
STENELEE.
Infame fugitif, hofte ingrat & perfide,
Qui de ton protecteur as efté l'homicide,
Monftre aux fiens redoutable , & que fon lieu natal
Reietta pour me perdre, & pour m'eftre fatal.
C'eft toy qui m'as tiré, non de ces champs d'Elife,
Où tous les bien-heureux vont trouuer leur fran-
　　chife,

Mais du pasle seiour, où lamentent leur sort,
Ceux qu'vn traistre assassin a liurez à la mort.
Ce n'est donc pas assez d'apprendre que tes crimes
Ont enfin penetré les lieux les plus sublimes,
Que la terre en est lasse, & les a trop souffers :
Il faut tirer encor vne Ombre des Enfers.
Tu penses démentir les celestes augures,
Les arrests du destin, & les choses futures
Tu ne les veux sçauoir que pour les condamner,
Et pour te garentir tu veux tout ruiner.
Mais sçache que le temps d'vne iuste vengeance
Va borner les excez d'vne iniuste puissance :
Sçache que tes conseils auancent tes douleurs,
Que tes remedes sont pires que tes mal-heurs,
Qu'on prepare desia ta place & ton supplice,
Qu'on t'a mis à l'espreuue, & qu'on void ta malice,
Dont le tragique effort veut prolonger tes iours,
Et contraire à soy-mesme en termine le cours.
Va, de fleuue de sang fay rougir ta demeure,
Et fay qu'auecques toy toute ta race meure,
Ou s'il en reste vn seul, qu'on daigne secourir,
Qu'il viue seulement pour tout faire mourir.
Haste toy de te rendre à ton heure prescrite.
Qu'vn mesme sort t'esleue, & qu'il te precipite.
Presse ton successeur, & de sa main reçoy
Le mesme traictement que i'ay receu de toy.
Si ma demeure est triste, appren cette nouuelle,
Que la tienne sera detestable & cruelle,
Digne de tes complots, & de tes actions,
Dont l'incroyable horreur absouts les Ixions.
Tous ces grands criminels, que des tourmens ex-
    tremes
Forcent de se fuyr, & de se suiure eux-mesmes,
Tous ceux de qui les cœurs nourrissent des vaultours,
Ceux qu'on void remonter, & descendre tousiours.

Qui transportent envain montagnes sur montagnes:
Ces grands corps estendus sur ces grandes campagnes.
Et qui de leurs fardeaux pour iamais sont chargez,
En te voyant souffrir, se croiront soualgez.
Que veux-tu plus sçauoir ? tes complices infames,
Execrables obiects & des yeux, & des ames,
Apres auoir en vain tant de sang respandu,
Pour t'auoir obey, seules t'auront perdu.
Vn exil malheureux, vne erreur vagabonde,
Leur fera visiter tous les climats du monde,
Sans qu'vn seul des mortels les veüille receuoir,
Et toutes finiront par le seul desespoir.
Ie croy les voir déja sur l'infernale riue
Verser incessamment vne onde fugitiue
Dans vn vaisseau percé que l'on ne peut remplir.
Et gemir sous des loix qu'on ne peut accomplir.
Voila ta destinée, & celle de tes filles.
Ie sens qu'on me rappelle en nos sombres familles.
Et pense ouyr la voix du funeste Nocher,
Qui ne tardera guere à te venir chercher.

SCENE V.

DANAVS, AMASIE.

DANAVS.

AH ! c'est trop de rigueur, ma disgrace m'étonne,
Ie n'attends ny conseil, ny secours de personne.
Les Cieux, & les Enfers sont bandez contre moy,
Ah ! ma chere Amasie!

AMASIE.

A quoy pense le Roy ?

DANAVS

Dieux ! que vient-ie de voir, & que viens-ie d'entendre ?
Ie succombe aux malheurs.

AMASIE.

Est-il temps de se rendre,
Lors que vos ennemis sont en vostre pouuoir ?

DANAVS.

C'en est fait ie suis mort.

AMASIE.

D'ou vient ce desespoir ?
Quel trouble en vn moment a vostre ame saisie ?
Quoy ? voulez-vous mourir d'vn mal de fantaisie,
Lors qu'il est temps de viure, & de bien esperer ?
Tout va selon vostre ordre, & sans plus differer,
Le bal estant finy, les Dames Argiennes,
Les plus ieunes en foule, & les plus anciennes,
Ont conduit chaque Nymphe en son lict nuptial :
Les Princes ont suiuy peu touchez de leur mal
Là le Nectar encor a longs traits on presente ;
Là se flatte l'Espour, & l'Espouse le tente,
Iusqu'à tant que l'Esprit oubliant sa vertu,
Laisse tomber le corps de sommeil abbatu.
Ne vous affligez plus, puis que tout vous succede.

DANAVS.

O trop seueres Dieux ! ô douleurs sans remede !

AMASIE.

Croyez-moy, tous les Dieux ne sont pas contre
vous.
Hymenée, & l'Amour, fauorables & doux
Ne s'accordent iamais auec la violence.
Ils vont de vos Tyrans abbattre l'insolence,
Et le Dieu qui pour sceptre a le Thyrse en la main

A tellement domté leur courage inhumain,
Qu'à peine ils sentiront les atteintes mortelles
De celles que l'honneur force d'estre cruelles.
Leurs delicates mains n'ont rien à redouter.
Ils mourront comme en songe, & sans leur resister,
Sans auoir seulement la force de se plaindre.
Et iugez quel suiet vous auez de les craindre.
N'en soyez point en peine, vn moment de loisir
Va borner leur triomphe, & vostre desplaisir.
La nuict a desia fait la moitié de sa course.
Desia vers l'Occan le Gardien de l'Ourse
Precipite son char, & l'on void les soucis
Des plus infortunez par le somme adoucis.
L'oubly charme par tout les miseres humaines,
Et vous ne donnez point de relasche à vos peines.
Tout l'Vniuers repose, & le seul Roy d'Argos,
Non plus que Iupiter, ne prend point de repos.

DANAVS.

C'est bien mal consoler mon ame desolée,
Que de me presenter l'ombre de Sthenelée,
A qui mes propres mains ont donné le trespas.

AMASIE.

C'est en vain que ie parle, il ne m'escoute pas,
Laissez là Sthenelée auec les palles ombres.
Laissez tous ces pensers & ces images sombres,
Il se leue en fureur.

DANAVS.

         Quoy m'abandonnez-vous,
Mes ayeux, mes parens qui me fustes si doux,
Isis, Epaphe, & Bel? quelle est vostre demeure?
M'auez-vous oublié? souffrez-vous que ie meure?
Voyez-vous sans pitié mon sort iniurieux,
Vous que tous les humains mettét au rang des Dieux?
Sont-ce vos loix qui font ma peine rigoureuse?
M'auez-vous enuoyé cette ombre malheureuse,

Qui pour remede seul m'offre le desespoir ?
AMASIE.
C'est vn mort qui le trouble, & qui le vient reuoir.
Mon Roy, vous l'auez dit, vne ombre vous menace.
Encore si c'estoit quelqu'vn de vostre race,
Mais c'est vostre ennemy, dont le ressentiment
Au delà du Cocyte augmente son tourment.
Sa haine, & sa fureur le rendent peu croyable.
C'est vne vaine idole au vulgaire effroyable,
Dont par le seul mespris on surmonte la peur,
Et qui s'euanouist ainsi qu'vne vapeur.
Rappellez vos Esprits, & rentrez en vous mesmes.
DANAVS.
Aueugles Deitez, terreur des diadesmes,
Inconstante Fortune, & violente mort,
Que tarde vostre enuie à faire son effort ?
Supremes Royautez qui tonnez sur nos testes,
Arbitres insolens des flots & des tempestes,
Et vous Tyrans des lieux pleins d'horreur, & d'effroy,
Assemblez vos conseils, armez tous contre moy.
Il faut que l'on vous craigne, & que l'on vous renôme
Vous aurez de la gloire à combattre vn seul homme
C'est vn nouueau Tiran qui se rit du malheur,
Qui des autres Titans surmonte la valeur,
Qui vient pour deliurer Encelade & Titye,
Et qui pour accomplir l'antique prophetie,
Va remettre Saturne en son throsne ancien.
AMASIE.
Abbatez seulement l'orgueil Ægiptien.
Respectez des grands Dieux la puissance eternelle,
Et sans les irriter, attendez la nouuelle,
Qui doit rendre à iamais vostre Empire absolu.
Reglez de vostre Esprit l'estat irresolu.
L'effect de vos souhaits va preuenir l'Aurore,
Rien ne vous peut manquer.

DANAVS.

Nest-ce point fait encore?
C'est à recommencer, si i'attends le matin,
Et mes gendres seront maistres de mon destin.
Qu'on mette cent Archers à garder les issuës,
Qu'on deffende par tout les portes, & les ruës
Mes filles m'ont trahy, qu'on les aille obseruer,
Ce que leur lascheté leur deffend d'acheuer,
Qu'vn effort plus puissant l'entreprenne, & l'acheue,
Qu'on extermine tout, qu'vn seul ne s'en releue.
I'y veux aller moy-mesme, & voir mes ennemis
En estat de me plaire, & de m'estre sousmis.

Fin du troisiéme Acte.

ACTE IV.

SCENE PREMIERE.

HYPERMNESTRE, LYNCEE.

HYPERMNESTRE.

Llez, mon cher Lyncée, allez à l'auenture,
Chercher voftre franchife, ou voftre fepul-
    ture.
Ne laiffez rien de vous dans la captiuité,
Que celle dont la foy vous met en liberté.
Il faut que ie confente à cette loy fupreme,
Que i'aide à feparer mon bonheur de moy-méme :
Puis qu'il m'en refte affez en cét éloignement,
Si vous n'eftes perdu que pour moy feulement.
Non, ie ne feray pas du tout infortunée,
Si par mes propres foins, ie fuis abandonnée,
Et fi digne de gloire autant que de pitié,
Ie fauue de mon tout la meilleure moitié.
Viuez libre & content, iouïffez de ma peine :
Qu'vn temps mal employé ne la rende point vaine.
A fes propres confeils mon cœur veut refifter.
Ie vous chaffe, & mes yeux ne vous peuuent quit-
    ter.
Helas ! quelle infortune eft pareille à la mienne ?
Que ie vous laiffe aller, ou que ie vous retienne,

C'eſt pour moy meſme choſe, & vous perdant toû-
jours,
De mon ſeul deſeſpoir j'eſpere mon ſecours.
Allez malgré moy meſme, interrompez ma plain-
te :
Sauuez vous du peril, Sauuez moy de la crainte.
Adieu, Lyncée adieu.

LYNCEE.
D'ou vient ce changement?
Les celeſtes douceurs n'ont-elles qu'vn moment ?

HYPERMNESTRE.
Vn moment nous vnit, vn moment nous ſepare.
Le Ciel m'eſt liberal, & le Ciel m'eſt auare.
Le plus fidelle Hymen, & le plus inconſtant
Me donne vn cher époux, & me l'oſte à l'inſtant.
Ie vous ay poſſedé, mais comme l'on poſſede
Vn objet tout diuin, vn bien qui tout excede.
Ie vous ay veu, Lyncée, ainſi qu'on void les Dieux,
Les Dieux, qui comme eſclairs ſe monſtrent à nos
yeux ;
Et pour comble de mal, c'eſt moy qui precipite
Voſtre cruelle abſence, & qui vous ſollicite
A me faire mourir.

LYNCEE.
Pour eſtre garenty,
Madame, c'eſt aſſez que ie ſois aduerty.
Mais vous m'aduertiſſez, & me laiſſez en doute.
Ie n'y puis rien entendre, en vain ie vous écoute.
Fuyrois-ie les dangers qui me ſont inconnus ?
Et mes freres pour moy ſeroient, ils retenus ?
Eſt-ce à moy qu'on en veut ? dequoy ſuis, ie cou-
pable ?

HYPERMNESTRE.
C'eſt vous ſeul que l'Oracle, ou faux, ou veritable
A peu rendre ſuſpect & redoutable au Roy.

C'est à vous qu'on en veut, ou plustost c'est à moy.
LYNCEE.
O dieux !

HYPERMNESTRE.
Souuenez-vous d'vne amour sans pareille,
Que la posterité doit tenir pour merueille.
Mon cœur tremble pour vous, il vous donne congé
Par vostre seule absence il sera soulagé.
Vos charmes sont pour moy, plus forts que les ora-
       cles :
Ils m'ont fait surmonter toutes sortes d'obstacles.
I'abandonne pour vous & mon pere , & mes sœurs,
Et pour vous dans la mort ie trouue des douceurs.
Toutesfois si le Ciel ordonne que ie viue ,
Souuenez-vous de moy comme d'vne captiue ,
Qui souffre indignement les chaisnes, & les fers ,
Et qui vous à tiré du chemin des Enfers.
Ayez incessamment, ayez dans la pensée
La voix qui vous à dit, réueiliez vous Lyncée ,
Leuez vous, & fuyez le malheur qui vous suit ;
Ou vous allez dormir vne eternelle nuit.
Ma foy me tiendra lieu de crime irremissible ,
Et mon pere abusé sera le seul sensible.
Soyez ingrat, Lyncée, ou ne le soyez pas ,
Vous allez estre quitte, & voicy mon trépas,
LYNCEE.
Princesse vnique fleur de nostre antique race ,
Méprisez hardiment le mal qui vous menace.
De moy, ie vous le iure, & ie vous le tiendray,
Le mal sera bien prompt, ou ie le preuiendray.
Les Dieux me font bien voir leurs differens suffra-
       ges.
Ie reçoy des faueurs, ie reçoy des outrages ,
L'vn & l'autre m'accable, & ie suis tourmenté
De la douceur autant que de la cruauté.

C'eſt de vous deſormais que ie retiens la vie.
Ie conſens qu'à vos loix elle ſoit aſſeruie,
Et qu'vn double lien, dont ie ſuis trop ialoux,
Me rende voſtre eſclaue autant que voſtre époux.
Mais quoy ? ſerois-ie ſeul ſuſpect à voſtre pere ?
Dites-moy ce qu'il croit, & ce qu'il delibere.
Puis qu'il doit craindre vn gendre, il les doit crain-
    dre tous.
N'abuſez point ma foy.

HYPERMNESTRE.

                    Non, il ne craint que vous.

LYNCEE.

De luy meſme pluſtoſt ie m'en iray l'apprendre.
C'eſt mon ſang que le ſien, le voudrois-ie reſpan-
    dre ?
Si trop indignement il ne veut offenſer
Ou mes freres ou moy, i'aurois tort d'y penſer.

HYPERMNESTRE.

Vous me tuez, Lyncée, & ce coup m'eſt ſenſible.

LYNCEE.

Vous m'abuſez, Madame, & la feinte eſt viſible.

HYPERMNESTRE.

Ie ne vous cele rien, que pour vous conſeruer.
Diſons tout, quelque mal qui nous puiſſe arriuer.
Ie vous euſſe perdu, ſi i'en euſſe eu l'enuie.
I'ay receu le poignard pour vous oſter la vie.
Si mes ſœurs ont vſé des preſens paternels,
Ny mon bras, ny mon cœur n'en ſont point crimi-
    nels.
De peur que mes douceurs ne vous ſoient trop
    ameres,
Sauuez, ſans differer, vn ſeul de tant de freres.
Choiſiſſez promptement ou la fuite, ou la mort.

LYNCEE.

O tardiue faueur, que tu me fais de tort !

Ie pouuois empefcher vn fi cruel outrage.
Quoy violer la foy ? prendre fon auantage ?
Trahir fon propre fang, oublier fes ayeux ?
Deftruire les humains, & méprifer les Dieux ?
Mes freres font-ils morts ? Il faut que ie les voye.
Ie ferois pour iamais incapable de ioye.
Il faut ceffer de viure, ou venger leur malheur.

HYPERMNESTRE.

Auecques la prudence accordez la valeur.
Quel Geant, quel Cyclope, & quelles mains fi for-
  tes
Pourroient forcer par tout tant d'hommes & de
  portes ?
Auez-vous oublié les vifibles dangers,
Qui par mon feul credit vous paroiffent legers ?
Allez, deliurez-moy de foupçons, & d'allarmes.
Au lieu de mon mary, ie cheriray mes larmes.
Puifque c'eft mon deftin d'en refpandre à mon
  rang
Beaucoup plus que mes fœurs n'ont refpandu de
  fang,

LYNCEE.

Quel meffage affez prompt m'en apprendra l'hi-
  ftoire ?
Ils font perdus fans doute, & i'aurois plus de gloire
A me perdre auec eux, qu'à me fauuer ainfi.
Que tardent mes efforts ? qui me retient icy ?
Quoy, ie crains de mourir, & fous voftre conduite,
A l'honneur, au deuoir, ie prefere la fuite ?
De peur de fuccomber à ma temerité,
Ie refufe vne preuue à ma fidelité.
Serois-ie refté feul ? & vos fœurs feroient-elles
Toutes d'vn mefme accord également cruelles ?
O genereux deffein ! les plus forts ennemis
Sont aifez à domter lors qu'ils font endormis.

O de sa trahison, & de la perfidie,
Memorable triomphe ! Ame vrayment hardie
Du superbe vainqueur dont les Dieux sont ialoux !

HYPERMNESTRE.

La fille d'vn tel pere est indigne de vous.
Tousiours deuant mes yeux erre la vaine Idole
Du spectacle cruel qui m'oste la parole.

LYNCEE.

Ie veux les secourir, ou mourir auec eux.

HYPERMNESTRE.

Allez ; c'est le moyen de nous perdre tous deux.
Quelle temerité ! la garde est redoublée.
Le fer qui luit par tout a mon ame troublée,
Et c'estoit fait de vous, si ma dexterité
N'eust abusé des chefs l'aueugle vanité.
Les voulez-vous combattre ? il faut vser de char-
mes ,
Il faut les enchanter. Hé ! quelles autres armes
Abbattroient à vos pieds tant de Chefs & d'Ar-
chers ?
Mes fidelles conseils ne vous sont gueres chers.

LYNCEE.

Excusez la douleur dont ie sens les atteintes ,
Qui troublent ma raison, qui surpassent mes plain-
tes.
Excusez la fureur, la rage, & les transports
Qui desia font errer mon ame entre les morts.
D'vn malheur incertain l'attente m'importune.

HYPERMNESTRE.

La prudence abandonne vne extreme infortune.

LYNCEE.

Ie m'en veux esclaircir.

HYPERMNESTRE.

      Voicy quelqu'vn des miens.

SCENE II.

ALPHITE. LYNCEE, HYPERMN.

ALPHITE.

Vyez, qu'attendez-vous, voftre moit , vos
liens?
N auez-vous refolu que de vous perdre enfemble?
Princeffe que ie plains , Prince pour qui ie tremble.
Quel eft voftre deftin? qu'allez-vous efprouuer?
A moins que d'eftre Dieux vous pourrez-vous fau-
uer?
Le Roy trop vigilant a preueu toutes chofes.
Les gardes font partout , & les portes font clofes.
Employez tous vos foins, faites vn prompt effort.

LYNCEE.

Dites nous le fuiet qui vous trouble fi fort.
Du refte, cher amy , n'en foyez point en peine.

ALPHITE.

Ie vous ay tant cherchez, que ie n'ay plus d'haleine.
Ay-ie encore mes fens? fuis-encor animé?
D'où vient que mes obiets ne m'ont point trans-
formé?
Cent actes inhumains que l'on ne pourra croire,
Qui porteront l'horreur au temple de Memoire,
Dont la pofterité ne fe taira iamais,
Font vn antre infernal d'vn fuperbe Palais.
Ie ne puis exprimer, & nul ne peut comprendre
Ce que ie viens de voir, ce que ie viens d'entendre,
Et de tant de Fureurs les funeftes exploits
M'oftent inceffamment le courage, & la voix.

Par vostre ordre , ô Princesse, vne soigneuse veille
M'a rendu le témoin d'vne horrible meruelle.
Apres auoir long temps erré de tous costez,
Les bruits auant-coureurs de tant de cruautez
Ont frappé sourdement mon oreille attentiue,
Qui prenoit chaque voix pour vne voix plaintiue.
I'ay commencé d'ouyr les mouuemens soudains ,
Qu'apres vn coup mortel , font les pieds & les
   mains.
Les cris interrompus, & les tristes murmures,
Tels que dans les Enfers, au milieu des tortures,
S'entendent les sanglots , & les gemissemens
Dont les plus criminels expriment leurs tourmens.
Si quelque plainte encor, où regne le silence
D'vne sensible mort fait voir la violence.

LYNCEE.

Quoy parmy tant de sœurs , que leur crime des-
   ment,
N'aurez-vous point, Madame, vne sœur seulement?

HYPERMNESTRE.

Ie n'oserois, helas ! m'en promettre la gloire.
Continuez, Alphite, acheuez en l'histoire.

ALPHITE.

Pour courir au secours que d'vn commun accord
Elles se deuoient rendre en ce tragique effort,
La fiere Iphimeduse, & la belle Asterie ,
Sortoient comme en triomphe, & marchoient en
   furie,
Les bras nuds & sanglants, également armez ,
Qui desia sembloient estre au meurtre accoustu-
   mez.
La vaine ambition de paroistre cruelles
Amenoit Callidice, & Theane apres elles.
Toutes auec ardeur s'auançoient pour ayder
Celles que trop de crainte auroit peu retarder.

En effet Adianthe, Hyppodame, Euridice,
Ne fe pouuoient refoudre à ce cruel office,
Et d'vn trouble fi grand leurs courages preffez
Laiffoient languir les corps qu'elles auoient bleffez.
Là le beau Polyctor imploroit la vengeance,
Mordoit fes propres bras tardifs à fa deffenfe,
Se déchiroit luy-mefme, & fe vouloit punir,
Les Deftins fe haftoient, & ne pouuoient fournir.
Ils fembloient oublier Idas, & Peryphante,
Qui mouroient fans mourir, & d'vne mort trop
    lente.
Les trois fatales Sœurs ne pouuoient approuuer
Ce que vos fœurs, Madame, ofoient bien acheuer,
Ce qu'autant d'hommes forts n'oferoient entre-
    prendre.
Enfin ils font tous morts, fans pouuoir fe deffendre.

LYNCEE.
Quel demon fi puiffant à ces crimes fe ioint,
Et qui fouftient Argos quelle n'abifme point ?

HYPERMNESTRE.
Deteftables fureurs, quel efprit vous excite ?

ALPHITE.
Tant de fleuues de fang faifoient honte au Cocyte,
Et fon onde mourante, image de douleur,
Cette nuit feulement a changé de couleur.

LYNCEE
Le Roy n'en fçait-il rien? peut-eftre il fe repofe.
Il faut le réueiller.

ALPHITE.
                    Le Roy fçait toute chofe,
On le tronue par tout, il n'a point de repos.
Il vifite auec foin l'vne ou l'autre Atropos,
L'vne ou l'autre Megere en offices égales,
Mais en nombre plus grand que les fœurs inferna-
    les.

Tout es il les visite, & regarde les corps
Des gendres qu'il redoute encore qu'ils soient
   morts.
Il les veut reconnoistre, & d'vne main tremblante,
Il expose leur front à sa foy chancelante.
Il en veut voir le nombre, & pour les mieux conter,
Dans vne mesme place il les fait transporter.
Cependant il admire, il cherit, il caresse
Celles à qui l'ardeur a fait trouuer l'adresse ;
   ui capables de feindre, ou plustost de trahir,
   çauent si bien tuer, & si bien obeyr.
   uis la terreur luy donne vn penser tout contraire,
   t pour luy-méme il craint ce qu'elles peuuent faire.

LYNCEE.
pprenez moy de grace, en quels lieux escartez
n a si promptement tous ces corps transportez.

ALPHITE.
eles ay veus, helas! dans vne sale sombre,
   'où les iours les plus clairs iamais ne chassent
   l'ombre,
   ù l'Hyuer se retire en l'ardente saison,
   ù l'horreur mesme habite, au prés d'vne prison
   ù l'on mit autresfois le corps de Sthenelée.
   'est là que l'asseurance a la crainte meslée
   'oblige de se rendre, & luy va faire voir   [poir.
Qu'vn seul manque à son nombre, & c'est le deses-
C'en est fait. Il vous cherche, & voicy qu'il arriue.
   Prince deplorable! ô Princesse captiue!

HYPERMNESTRE.
Retirez, vous Lyncée, ostez moy de soucy.
   'obligeray le Roy de s'arrester icy.
   ous cependant, Alphite, allez, ne tardez gueres,
Cherchez les seruiteurs du Prince, & de ses freres,
   nuoyez luy sur tous ce vaillant Lydamas,
   ce braue Alphenor.

ALPHITE.

Ie n'y manqueray pas.

***

SCENE III.

DANAVS. HYPERMNESTRE

DANAVS.

Hypermnestre, est-ce vous ? quelle est vo
    pensée ?
De me fuyr, peut estre, & de suiure Lyncée.
Où l'auez-vous conduit ? & qu'est-il deuenu ?
D'où vient que tant d'Archers ne l'ont point retenu
Et quelle autre que vous l'a sauué de leurs armes ?
S'est-il fait inuisible ? a t'il vsé de charmes ?

HYPERMNESTRE.

Si ie vous suis suspecte, & si ie l'ay seruy
Demandez moy pourquoy ie ne l'ay point suiuy,

DANAVS.

Vn excez de pouuoir vous asseure, & vous flatte
Ma bonté m'a perdu vostre credit, ingrate,
Seul a fait le chemin par où s'est eschapé
Celuy qui m'est fatal, & vous m'auez trompé.
vous qui sur tant de sœurs auez tant d'auantage.

HYPERMNESTRE.

Ce n'est pas vn mortel qui me tombe en partage.
Tout cede à la vertu, rien ne peut l'accabler.
Il n'est point de nectar qui le puisse troubler.
Ie croy qu'il a des sens qui iamais ne sommeillent,
Et qu'il dort seulement comme les autres veillent.
Eusse-ie combattu le plus fort des humains ?
Ne m'a t'il pas trouué le poignard dans les mains ?

y qui mépriſe tout, dards, picques, halebardes
alloit il pas ſans moy fondre deſſus vos gardes?
tſi ie n'euſle pris le ſoin de l'empeſcher,

DANAVS.

s'alloit-il entreprendre?

HYPERMNESTRE.

Il vous alloit chercher.

DANAVS.

ien loin de me chercher, il n'euſt oſé m'attendre.
ſais il faut qu'on le trouue, il faut qu'on l'aille
    prendre,
Qu'on l'ameine viuant, ou qu'on l'entraine mort.

HYPERMNESTRE.

ſon pere, abſtenez-vous d'vn ſi tragique effort.
e crain beaucoup pour luy, mais plus pour vous
    encore.

DANAVS.

oyez la vanité! c'eſt vn Dieu qu'elle adore,
'eſt Iupiter luy-meſme en forme d'vn époux.
inous le pourſuiuons, il tonnera ſur nous. ſclaire,
 uoy vous craignez pour luy? la preuue eſt toute
ne vous n'euſtes iamais le deſſein de me plaire,
e tenir mon party, ny de me conſeruer,
uis qu'en m'abandonnant, vous le voulez ſauuer,
Et voſtre feinte humeur fait toute ma colere.

HYPERMNESTRE.

Ie ne veux offenſer mon mary, ny mon pere:
I'en appelle à témoin les hommes, & les Dieux.
La foy m'eſt agreable, & le meurtre odieux.

DANAVS.

Vous ſçauez mes annuis, & par quelle inſolence,
Malgré moy l'on m'oblige à cette violence.
Vous ſçauez les dangers dont ie ſuis menacé,
Vous voyez les liens où ie ſuis enlacé.

HYPERMNESTRE.

Les Oracles font faux, ou s'ils font veritables,
On ne les peut changer, ils font ineuitables.
Quand le malheur nous fuit, rien ne peut l'empef-
　cher,
Et penfant le fuïr, nous allons le chercher,
Nous courons au deuant, tout chemin nous y mei-
　ne :
Pour nous en garentir, noftre prudence eft vaine,
Et l'homme eft bien aucugle, & bien mal infpiré,
Qui cherche par vn crime vn remede affeuré.

DANAVS.

Ah ! perfide, eft-il temps de tenir ce langage ?
Dans l'extreme peril où le malheur m'engage.
I'auray donc vainement tant de fang refpandu,
Au lieu de me fauuer, ie me feray perdu.
I'auray contre moy mefme excité la vengeance,
Et feule vous aurez fruftré mon efperance.
Le fer dont voftre main deuoit me fecourir,
Arme defia la main qui me fera mourir.
C'eft tout voftre fouhait, vous en ferez rauie.
C'eft pour vous éleuer, que ie perdray la vie.
L'aucugle ambition ne peut rien épargner,
Et vous, & voftre amant n'afpirez qu'à regner.
Trop tard à mes dépens ie découure vos rufes.

HYPERMNESTRE.

Vne aucugle fureur ne reçoit point d'excufes.
La crainte & le refpect m'empefchent de parler.

DANAVS.

Parlez, car deformais il faut tout violer
Crainte, refpect, honneur, foy, deuoir & nature.

HYPERMNESTRE.

I'ay fi fort redouté cette horrible auenture,
Que fouuent mon filence en a parlé pour moy :
De peur que mes difcours, bien que dignes de foy,

Ne

Ne fuſſent imputez à quelque amour nouuelle,
Qui me fiſt relaſcher de l'amour paternelle.
Vos ſages Conſeillers pour moy ſe ſont offerts,
Iuſques à vous donner la terreur des Enfers.
Mais vous conſultez tout, & ne voulez rien croire.
Ie vous laiſſe à penſer, que nous aurons de gloire.
Nos crimes à iamais nous ſeront reprochez,
Et comme ſi nos fronts en eſtoient entachez,
Nous n'oſerons paroiſtre ; vne iuſte diſgrace
A iamais fleſtrira noſtre immortelle race,
Et les plus ſombres nuits n'auront point de noir-
	ceurs
Capables de cacher mes deteſtables ſœurs.

DANAVS.

O Dieux ! dites auſſi voſtre execrable pere.
Fille ſans naturel, veritable vipere,
C'eſt voſtre cher amant qu'on ne pourra cacher,
Plus loin que le Soleil, ie le feray chercher,
Si la fuite s'accorde auecque la vaillance,
Et pour me reſſentir de voſtre bienueillance,
Ou ſi vous l'aymez mieux, de voſtre trahiſon,
Allez, ie vous ordonne vne eſtroite priſon.
Sus, que dans ce moment elle y ſoit emmenée.
Qu'on luy face épouſer la tour de Phoronée.
Qu'elle attende ſon Prince, il doit toſt retourner,
Pour luy donner le Sceptre, & pour la couronner.
Quoy ? pas vn n'obeït eſtes vous immobiles ?
Ie parle à des rochers, mes cris ſont inutiles ;
A quoy ſuis-ie reduit ? on la craint plus que moy.

HYPERMNESTRE.

Allons, mes chers amis, obeiſſons au Roy.
Voſtre pitié m'offence, & quand c'eſt pour luy plai-
	re,
Quelque mal que ie ſouffre, il deuient volontaire.

C

Mais il me feroit grace, il m'obligeroit fort,
S'il vouloit se resoudre à me donner la mort.
Il s'en remet peut-estre à ma triste demeure.
Allons où les Destins ordonnent que ie meu.e.

DANAVS.

Staphis, que cent Archers la gardent nuit & iour.
Ie vous le recommande, & les clefs de la tour.

ACTE V.

SCENE PREMIERE.

BACIS, DEMODORE, ALPHITE.

BACIS.

IRons nous droiɛ̃ au Roy ?

DEMO.

Deliberons encore.

BACIS.

Il nous a commandé de preuenir l'Aurore,
Pour sçauoir son destin.

DEMO.

Bacis, il est perdu.
Il ne peut expier tant de sang respandu
Que par son propre sang, & ie ne suis qu'en peine
D'apprendre le destin de nostre Souueraine,
Le destin d'Hypermnestre, & de Lyncée aussi.

BAC.

I'entends venir quelqu'vn.

ALPHITE.

Que faites-vous icy ?

BAC.

D'où venez-vous Alphite ? & quelle ardeur si forte
Precipite vos pas, vous trouble, & vous transporte ?

C ij

ALPHITE.

Icy regne l'Enfer, la Difcorde, & le bruit
On fe bat, on fe tuë, & cette horrible nuict
Fauorable au defordre, augmente fes tenebres,
Et par tout l'on n'entend que des plaintes funebres.

BACIS.

Qui peut caufer, Alphite, vn tumulte fi grand?

ALPHITE.

Celuy qui rien ne craint, & qui tout entreprend,
Qui ne fe laffe point d'auantures tragiques,
Et dont les trahifons font les faits heroïques
Pourrois-ie raconter tant de maux à la fois?

BACIS.

Redoutez en tout temps l'ombre mefme des Rois.
Parlez-nous d'Hypermneftre

ALPHITE.

                    O parolle douteufe
On peut dire Hypermneftre heureufe, & malheu-
      reufe.
Apres qu'elle a conduit fon Efpoux en ces lieux;
Les autres eftans morts.

BACIS.

            Par quel ordre des Cieux?

ALPHITE.

Le Roy qui le cherchoit, en fa fureur cruelle
Ne le pouuant trouuer, il s'eft affeuré d'elle,
Et comme fa manie offufquoit fa raifon,
Il l'a fait à l'inftant mener dans la prifon.

BACIS.

Dieux!

ALPHITE.

    Mais en vain Staphis infenfible à nos larmes,
Enuironne la tour de tant d'hommes, & d'armes,
En vain il entreprend d'enfermer vn trefor
Plus puiffant que les Rois, & plus charmant que l'or.

Si toſt qu'ils ont appris de quelque voix plaintiue
Qu'ils ſont là pour garder Hypermneſtre captiue,
Vn murmure s'esleue, & preſque en vn moment
Confond l'obeïſſance, & le commandement.
Ils s'excitent l'vn l'autre, ils attaquent la porte,
Ils demandent les clefs, & Staphis qui les porte,
Trop fidelle à ſon Maiſtre aux iniuſtes emplois,
Oſe les menacer d'vne inſolente voix.
Ils ſe iettent ſur luy, deteſtent ſon audace,
Et tout percé de coups l'eſtendent ſur la place.
Ny credit, ny faueur ne l'ont point guarenty.

BACIS.
Staphis eſtoit-il ſeul de contraire party?

ALPHITE.
Damaſte, & Cleophante, amis de ſa fortune
Souffrent d'vn commun crime vne peine commune.
Les autres ſont aux mains, ou peut eſtre ont l'effroy;
Et c'eſtoit mon deſſein d'en aduertir le Roy.
Mais vn plus grand combat le rend inacceſſible.
Vn combat violent, eſpouuantable, horrible,
Où toutes les Fureurs errent de toutes parts.
Icy brille l'eſpée, & là volent les dards
Nulle place n'eſt ſeure, & nos plus grands courages
Font voir auant le temps la mort dans leurs viſages.
Lyncée, & peu des ſiens, mais tous forts & vaillans
En mépriſent le nombre, & ſont les aſſaillans.
Plus ardens que la foudre, ils écartent la preſſe,
Et ſe font leur chemin par force, & par addreſſe.
Là tombe ſoubs le fer vne moiſſon de corps:
Lycidas, Anthelée, & Dryante ſont morts.
Qui pis eſt, ô douleur dont mon ame eſt ſaiſie!
I'ay veu perſer le cœur à la belle Amaſie,
Par vn dard qui ſans elle auroit perſé le Roy;
Et ſa mort violente eſt le prix de ſa foy.
Il faut, ou que Lyncée, ou que le Roy periſſe.

BACIS.

Il faut que tout se perde, ou que le mal finisse.

ALPHITE.

Ie ne m'en puis remettre, & la terreur me suit.

DEMODORE.

C'en est fait desormais.

ALPHITE.

N'entends ie pas du bruit ?

SCENE II.

LYNCEE.

E perfide tyran suiuy de ses complices,
S'en va dés Ixions esprouuer les supplices,
Et ses plus grands efforts pour moy foibles & vains,
N'ont sceu le guarentir de mes fatales mains.
Ce Mõstre, dont l'horreur mettoit les Dieux en fuite,
Est passé comme vn songe, & sa force est destruite.
Mais rien ne me console, & mon cruel ennuy
M'en demandoit cinquante, & tous Roys cõme luy
Tous ceux à qui l'audace à donné quelque enuie
Et de me resister, & de m'oster la vie,
Tombent aux lieux profonds pleins d'horreur , &
    d'effroy,
Et fidelles sujetz accompagnent leur Roy.
Ils vont en pareil nombre à celuy de mes freres
Tout droit au Tribunal de ces Iuges seueres.
Par qui sont les tourmens iustement dispensez
Aux Ombres qu'vne mort ne punit point assez,
Arbitres absolus des infernales peines ,
Si de vos dignitéz les fraieurs ne sont vaines ,
Iugez les criminels soûmis à vostre loy :

I'ay fait ce que les Dieux deuoient faire auant moy.
Mes freres, le fupport du plus grand des monarques,
Receuez de ma foy ces eternelles marques,
Vous qui m'abandonnez par l'infidelle effort
De voftre fecond pere autheur de voftre mort.
O mon frere Agenor, ô valeur fans égale,
S'il ne ti: nt qu'à te faire vne offrande royale,
Que tes Manes facrez ne repofent en paix,
Agenor s'en eft fait, repofe deformais.
Chers Princes, nouueaux dieux des palles affemblées,
S'il vous fouuient de moy, fi vos ames troublées
De vos feuls ennemis demandent le trépas,
Ils mordent tous la terre, & marchent fur vos pas.
Tous ie vous les confacre, & mes vœux legitimes
Ne deftinent pour vous que d'humaines victimes.
Paffez aux champs d'Elife, & foyez foul igez,
Apres auoir appris que vous eftes vengez.
Ie manque à voftre nombre, & peut-eftre ie refte
Seulement pour vous rendre vn office funefte.
Pour vous mettre à couuert du celefte flambeau,
Et pour verfer des pleurs deffus voftre tombeau.
I'aurois precipité dans vos fombres campagnes
Vos horribles fureurs, vos cruelles compagnes,
Vos perfides moitiez, vus femmes d'vn moment,
Si le fort par mes mains dreffoit leur monument.
Mais l'eternelle nuit leur feroit fauorable,
Et cacheroit trop toft le deftin miferable
Des homicides fœurs, que tous doiuent punir,
Et que nul ne doit voir qu'affin de les bannir.
Des yeux de l'vniuers, ces Megeres infames
Sentiront accufer leurs criminelles ames,
Craindront tous leurs obiets, mourront inceffam-
     ment.
A faute de mourir d'vne mort feulement.
Mais Hypermineftre, Alphite, où l'auez vous laiffée?

ALPHITE.

Dans vne obscure tour, en peine de Lyncée :

LYNCEE.

Dans vne obscure tour, elle qu'auec raison,
On croit digne d'vn temple, & non d'vne prison.

ALPHITE.

Elle en est la Geoliere, elle en garde la porte,
Vn seul ne la contraint, qu'elle entre, ou qu'elle sorte
Tout dépend de son ordre, & de sa volonté,
Si bien que sa prison, est en sa liberté.

LYNCEE.

Alphite, vostre foy m'est assez reconnuë.
Retournez promptement, vsez de retenuë.
Ne luy témoignez point que vous m'ayez trouué,
Approuuez ce conseil, les Dieux l'ont approuué.
Dites luy seulement que le Roy la demande ,
Et pour me rendre encore vne preuue plus grande
Du soin que vous auez d'Hypermnestre & des siens,
Allez dire de grace aux chefs Ægiptiens
Qu'ils se trouuent au iour à la porte d'Inaque.
Et vous qu'impunement nulle audace n'attaque
Genereux Lydamas , allez vous en au port,
Et ne declarez point nostre funeste sort.
Ils viendront assez tost pour respandre des larmes.
Que tous en vn moment se rangent sous les armes,
Et qu'ils soient dans Argos aussi-tost que le iour.
Argos de tant d'horreurs la source & le seiour.
Chers amis d'Hypermnestre, & que Lyncée honore,
Vrays Oracles du Ciel, Bacis, & Demodore,
Allez parlez au peuple, & faites luy sçauoir
Quelle est nostre auenture , & quel est son deuoir.
Allez. A tous momens ie croy voir la Princesse.
Que luy pourray-ie dire au fort de sa tristesse ?
Ie n'ay point redouté ny le Roy, ny la mort ,
Et ie tremble pour elle, & ie crains son abord.

Le mal seul se delare, & l'on ne le peut taire.
Que luy pourray-ie dire, & que pourray-ie faire ?
Tous les discours sont vains, ils n'ont point de
  couleurs,
Qui puissent diuertir les premieres douleurs.
Elle m'a fait reuiure, & m'a redonné l'estre,
Et moy i'ay fait mourir celuy qui l'a fait naistre.
Ie suis pire qu'ingrat, & ce n'est pas assez
D'auoir tant de bien-faits si mal recompensez,
Ie suis son homicide. Essuyez cette épée
Que dans son propre sang malgré moy i'ay trem-
  pée.
J'ay le cœur tout saisi, ie ne puis retenir
Les souspirs, ny les pleurs. Ah ! la voicy venir.
Qui me redonnera la force & le courage ?

SCENE III.
HYPERMNESTRE. LYNCEE,
HYPERMNESTRE.

Helas ! en vn moment i'ay calmé cét orage,
Mais rien ne peut calmer les troubles que ie
  sens,
Et si pour tout secours, mes desirs innocens
N'aspirent qu'a sçauoir le destin de Lyncée.
LYNCEE.
Plus prompt que vos desirs, & que vostre pensée ;
De peur de vous manquer il vous attend icy,
Il répond à vos soins.

HYPERMNESTRE.

Ah ! ce n'eſt pas ainſi
Que Lyncée à mes vœux doit eſtre fauorable.
Il ne m'eſcoute point, il eſt inexorable.
Ce n'eſt pas mon deſſein de le voir en ce lieu.
Ie le ſouhaite ailleurs, & ie luy dis adieu.
Qu'il s'en aille, & qu'il viue auec plus d'aſſeurance.
Mais Lyncée en effet quelle eſt voſtre eſperance ?
De quel charme vſez vous contre tant d'ennemis ?
Qui vous à peu ſauüer ?

LYNCEE.

Ie vous auois promis
De les preuenir tous, mais la Fortune prompte
M'a voulu démentir, & m'en laiſſe la honte.
Voſtre vertu ſans moy triomphe des malheurs :

HYPERMNESTRE.

Que mon cœur apprehende, & ſouffre de douleurs.
Gardes, retirez-vous, artifices & ſeintes
Retirez-vous auſſi mettez fin à mes craintes.
N'ay-ie pas veu cacher quelque luſtre brillant ?
N'ay-ie pas veu d'abord vn mouchoir tout ſan-
glant,
Et ſi ie l'oſe dire vne ſanglante eſpée ?
A quels dignes exploits eſtoit-elle occupée ?
Ne diſſimulez point ?

LYNCEE.

Le voulez-vous ſçauoir ?
Elle eſtoit occupée à faire ſon deuoir,
A deffendre ſon Maiſtre, à repouſſer l'offence
Dont m'alloit accabler l'iniuſte violence
De ceux que voſtre pere armoit tous contre moy.

HYPERMNESTRE.

Que ſont-ils deuenus ? qu'eſt deuenu le Roy ?
Il faut que ie le voye, & puis qu'il me rappelle,
I'en iray de luy meſme apprendre la nouuelle.

Ie tarde trop sans doute, il en est en soucy,
Et c'est mal obeyr, que d'obeyr ainsi.
Ie vous seruiray mieux ; Ie sçauray sa pensée.

LYNCEE.
Non ne le voyez point.

HYPERMNESTRE.
              Que faites-vous Lyncée ?
Vous me rendez coupable, il m'en faudroit punir.

LYNCEE.
C'est moy qui sous son nom vous ay fait reuenir.

HYPERMNESTRE.
Qu'auez-vous entrepris ?

LYNCEE.
            N'en soyez point en peine.

HYPERMNESTRE.
O Dieux ! vous me perdez.

LYNCEE.
            Soyez toute certaine
Que vous pouuez iouïr de vostre liberté.

HYPERMNESTRE.
Qui me la peut donner ?

LYNCEE.
            Chere, & douce beauté ;
Si iamais à mes vœux vous fustes fauorable,
Si l'extreme vertu qui vous rend adorable
N'est point vne ombre vaine, auiourd'huy faites
    voir
Quelle est vostre grandeur, quel est vostre pouuoir
Non sur moy seulement ; mais plustost sur vous
    méme.
Faites voir ce grand cœur digne du diadesme.
Que rien ne vous surprenne en cette extremité,
Ou le mal par le mal semble estre limité.
Que i'obtienne de vous tout ce que i'en espere.

HYPERMNESTRE.

Expliquez-vous Lyncée, ou ie dois voir mon pere,
Ou ie dois promptement rentrer dans la prison.

LYNCEE.

Ces respects, ces deuoirs ne sont plus de saison.

HYPERMNESTRE.

Quoy mon pere est-il mort?

LYNCEE.

         Mettez-vous en ma place.
N'eussai-ie point vengé mes freres & ma race?
Ne me fussai-ie point moy-mesme deffendu?

HYPERMNESTRE.

O mon pere! ô mon Roy! ie vous ay donc perdu!
Ouy ie vous ay perdu, par mes seuls artifices.
On peut en quelque sorte excuser mes complices:
Mais de quelque raison qu'on vueille m'excuser
Puis qu'elle m'a trompé, ie n'en veux point vser.
I'aurois tort de pretendre vne gloire eternelle
De l'infidelle foy qui me rend criminelle.
Dites iustes humains, qu'elle est cette vertu
Par qui dans le tombeau mon pere est abbatu?
O mort cent fois preueuë, & cent fois redoutée!
En cherchant ton remede, on t'a precipitée.
Nostre prudence pert ce qu'elle veut garder;
Elle auance le mal qu'elle veut retarder.
Dequoy seruent, grands Dieux! les vœux & les of-
    frandes?
Vous ne pardônez rien, vos rigueurs sont trop grádes,
Et vous faites sentir leurs efforts violens
Aux plus humbles humains, comme aux plus info-
    lens.
Mon pere, vnique obiet de ma triste pensée,
Helas! que dois-ie offrir à vostre ame offen-
    sée?
Ie vous offre moy-mesme, obtenez du Destin,
Que i'aille voir la nuit qui n'a point de matin.

Receuez-moy de grace.
L Y N C E E.
En nos douleurs extremes,
Nos premiers sentimens sont plus forts que nous-
mesmes.
Le temps, & la raison, les doiuent secourir,
Et ce n'est pas vertu que de vouloir mourir.
H Y P E R M N E S T R E.
Retirez-vous de moy, si vous n'auez enuie
De finir mes ennuys par la fin de ma vie.
Vn obiect plein d'audace, & d'infidelité,
Ne me peut estre doux que par la cruauté.
Acheuez hardiment, & pressez moy de suiure
Celuy que mon deuoir me deffend de suruiure.
Cherchez dans nos malheurs tous vos contentemens,
Et fondez vos honneurs dessus nos monumens.
Si vostre humeur iniuste est prompte à la vengeance,
Autant qu'elle est tardiue à la recounoissance,
Falloit-il se vanger aux despens de ma foy,
Et par mes propres soins entreprendre sur moy?
Qu'eussay-ie merité, si i'eusse esté cruelle?
Puis qu'il me faut punir d'auoir esté fidelle.
Vous changez en vn crime vn acte genereux,
Et vous ostez la gloire à qui vous rend heureux.
Vous rendez à des morts des deuoirs inutiles,
Et vous trouuez pour eux toutes choses faciles.
Mais pour tous mes biensfaits, qu'est-ce que ie re-
çoy?
Qu'ay-ie obtenu de vous? Qu'auez-vous fait pour
moy?
Vous ay-ie suplié pour estre refusée?
Et vous ay-ie seruy pour estre mesprisée?
Auez-vous de mes sœurs le courage approuué?
Et me punissez-vous de vous auoir sauué?
Cruel ie vous fais viure, & vous tuez mon Pere!

Paſſez iuſques à moy, ſuiuez voſtre colere;
Ou ie ſçay bien ſans elle à quoy ie me reſous,
Et ie mourray pluſtoſt que de viure auec vous.

LYNCEE.

Il ne vous reſte plus, que d'approuuer la vie
De celuy dont la mort à la mort vous conuie.
Meſlez-y le regret d'auoir mal obey,
De n'auoir point tué, de n'auoir point trahy.
Ah! Madame, c'eſt trop. Voicy venir l'Aurore.
Penſez à voſtre Eſtat.

HYPERMNESTRE.

Vous me parlez encore?
Ie ſuis bien en ſouci de l'Aurore, ou du iour.
Parlez moy de deſcendre au tenebreux ſeiour.
Parlez moy du Cocyte, & de l'ombre eternelle
De ces noires foreſts, où le Deſtin m'apelle
Ou d'vn funeſte effort, mes yeux deſia mourans.
Penſent voir mille obiets comme ſonges errans.
Que tarde mon Eſprit à partir d'heure en heure ?
Ah! ie mourray touhours, iuſqu'à temps que ie meure.
Le cruel repentir, les tragiques deſſeins,
Les regrets, les remords ſeront mes aſſaſſins.
Venez à mon ſecours, troupes infortunées
D'inconſolables maux, de langueurs obſtinées;
Images du paſſé, triſtes reſſentimens,
Venez m'entretenir, & flatter mes tourmens.
Demons de la douleur, lamentables Genies,
Plaintiues Deïtez, mes douces tyrannies,
Et ſi ce n'eſt aſſez, Fureurs, Parques, & Morts,
Venez toſt ſeparer mon ame de mon corps.
En vain ie vous appelle, & mon erreur eſt grande,
Si ie me puis donner ce que ie vous demande.
Toutes ſortes d'obiects fauoriſent mes vœux,
Le fer, & le poiſon, & les eaux, & les feux,

Que n'ay-ie preuenu le suiet de mes larmes,
Et tourné contre moy mes inutiles armes ?
Ah ! ie me deuois perdre, au lieu de m'occuper
A garantir celuy qui me deuoit tromper,
Mais vous estes par tout gouffres, & precipices ;
Recours du desespoir, volontaires supplices,
Et qui perdez pour moy le tiltre d'inhumains,
Mon destin, mon remede est dans mes propres mains.
Mes vœux sont exaucez, ma plainte est superfluë.
La Mort dans l'vniuers est la plus absoluë.
La Terre ny les Cieux ne luy refuse rien.
Qui ne la peut trouuer ne la cherche pas bien.

FIN.

Extraict du Priuilège du Roy.

PAr Grace & Priuilège du Roy, il eſt permis
à Auguſtin Courbé Marchand Libraire à Paris, de faire imprimer *Les Danaïdes Tragedies*,
compoſée par Monſieur Gombault, en telle mar-
ge & caractere, & autant de fois que bon luy ſem-
blera, durant le temps & eſpace de ſept ans, à
compter du iour que ladite Tragedie ſera acheuée
d'imprimer pour la premiere fois : Faiſons tres-
expreſſes deffences à toutes perſonnes de quelque
qualité & condition qu'elles ſoient, d'imprimer
faire imprimer, vendre ny debiter en aucun lieu
de noſtre obeïſſance ladite Tragedie, ſans le con-
ſentement dudit Courbé, ou de ceux qui auront
droit de luy, à peine de trois mil liures d'aman-
de par chacun des contreuenans, comme il eſt
porté plus amplement par nos lettres de Priuileges :
Donné à Paris le 5. iour de Septembre, l'an de
grace 16;8. & de noſtre regne le 16. Signé par le
Roy en ſon Conſeil, Conrart. Et ſeellé du grand
Sceau de cire iaune.

Regiſtré ſur le Liure de la Communauté, ſuiuant
l'Arreſt de la Cour du 8. Feurier 165;.

Les Exemplaires ont eſté fournis.

Acheué d'imprimer le 8. Septembre 1658.

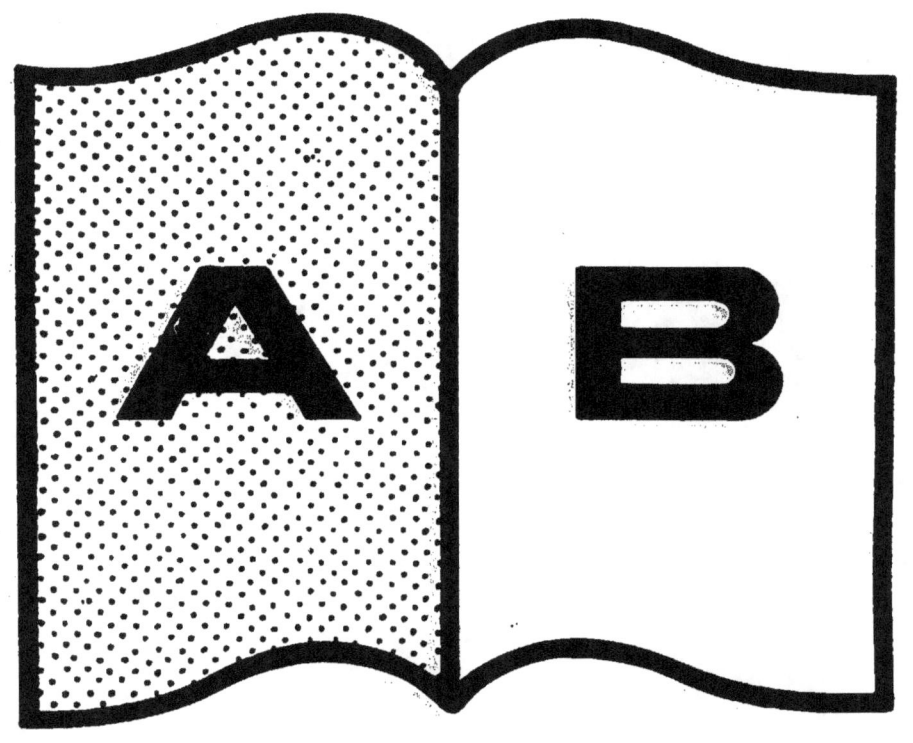

Contraste insuffisant

NF Z 43-120-14